마음꽃 피는 날

마음꽃 피는 날

마음꽃 피는 날

Sally Kim

좋은땅

인생에
신호등이 있으면 좋겠다

초록불 깜빡깜빡
가던 길 계속 가도 된다고

노란불 깜빡깜빡
천천히 조심조심 잘 살피라고

빨간불 깜빡깜빡
가던 길 하던 일 멈추라고

인생의 순간마다
신호등이 알려 주면 좋겠다

내 마음에도
신호등이 있으면 좋겠다

좋은 것 옳은 것을 할 때는
초록불 깜빡깜빡 마음이 편하고

해로운 것 그른 것을 할 때는
노란불 깜빡깜빡 마음이 부끄럽게

옳고 그른 것을 잘 분별하는
신호등 하나 있으면 좋겠다

내 마음이 길을 잃지 않도록
신호등 하나 있으면 좋겠다

자존감은
자기 승인이다
내가 기억하는 '나'이다
내 존재에 대한 긍정이다
좋을 때나 힘들 때나
나를 믿고 응원하는 마음이다

기억은 선택적이다
내 감정만 기억한다

같은 시간도 기억이 다르고
같은 일도 기억이 다르다

작은 것도 감동으로 기억하고
작은 것도 상처로 기억한다

시간이 지나서 맞추어 보면
서로 다른 조각을 잡고 살았다

내 기억이 맞다고 우기지 말고
내 감정이 옳다고 우기지 말자

내가 기억하는 것은
내가 선택한 삶의 조각일 뿐이다

사람 마음 참 아름답다
나와 상관이 없어도
좋은 것을 보면 기분이 좋다

사람에게 친절한 모습은
나에게 이익이 없어도
보고 있으면 마음이 뭉클하다

사람에게 무례한 모습은
나에게 손해가 없어도
보고 있으면 마음이 불편하다

사람 마음 참 순수하다
반짝이지 않아도
작고 흔한 것에도 행복하다

봄마다 보는 여린 새싹에
봄마다 감탄하는
사람 마음 참 예쁘다

가을마다 보는 붉은 단풍에
가을마다 감탄하는
사람 마음 참 예쁘다

빛나는 순간도

자랑스러운 '나'지만

힘든 시간을 지나는 순간도

자랑스러운 '나'이다

빛나는 순간의 나에게는

사람들의 관심과 박수가 있지만

힘든 시간을 지나는 나에게는

나의 위로와 응원이 전부다

빛나는 순간의 나에게도

수고했다고 하고

힘든 시간을 지나는 나에게도

수고한다고 하자

삶의 결과는 선택할 수 없어도
삶의 태도는 선택할 수 있다

내일 일은 아무도 장담할 수 없다
오늘을 잘 사는 것이 최선이다

선택한 삶의 태도로
오늘을 살아 내는 것이다

누가 봐주지 않아도
누가 알아주지 않아도

선택한 삶의 태도로
꾸준히 일상을 살아 내는 것이다

도전이 두려운 건
좋은 결과만 기대해서다

첫 번째 도전은
낯선 경험을 만나는 시간이고

두 번째 도전은
조금 더 알아 가는 시간이다

그리고 세 번째 도전은
자신감을 갖고 해 보는 시간이다

새로운 도전을 할 때는
시간이 더 걸릴 거라고 예상하자

모르는 것을 배우며 고치며
그렇게 조금씩 자라 가는 것이다

그래서 도전하는 사람은
결과가 기대와 달라도 성장한다

고민마다 무게가 있다
그래서 하나가 무거워도
하나가 가벼우면 견딜 만하다

무거운 고민만 보면
가벼운 고민도 무거워진다
그래서 무게가 늘어난다

고민마다 무게가 있다
무거운 고민도 있고
가벼워서 다행인 것도 있다

‘나’를 지킨다는 것은
무례함으로부터 마음을 지키고
유혹으로부터 생각을 지키고
위험으로부터 몸을 지키는 것이다

혼자 지난 기억 안고 살지 마라
모두 지나왔는데
혼자 그곳에 있지 마라
시간도 가고 사람도 가고 없는데
혼자 덩그러니 있지 마라
아픈 기억도 많은 기억 중에 하나다
그 기억만 잘라서 안고 살지 마라
지난 일은 시간과 함께 보내 줘라
그래야 다시 좋은 것도 보이고
그래야 다시 좋은 날도 온다

인정

실수와 잘못을 인정하는 것은 용기다

수용 1

기대와 다른 결과를 받아들이는 것은 용기다

수용 2

있는 그대로의 나를 받아들이는 것도 용기다

존중

다른 사람도 나와 같다고 생각하는 것은 용기다

옳음

이익보다 옳은 것을 선택하는 것은 용기다

거부

무례함에 No라고 할 수 있는 것은 용기다

변화

더 나은 나를 위해 바뀔 수 있는 것은 용기다

인생

작은 용기들이 모여 오늘을 마주할 힘이 된다

다른 사람 생각에 끌려가지도 말고
내 생각으로 끌고 오려고도 마라
그냥 생각만큼 말하고 생각만큼 살아라

남들이 좋아하는 사람이 되려 말고
내가 좋아하는 사람이 되어라
그냥 옳다고 생각하는 것을 지키며 살아라

남에게 인정받는 것보다
나에게 인정받는 것이 더 좋다
그냥 아는 만큼 지키고 떳떳하게 살아라

다른 사람 생각에 끌려가지도 말고
내 생각으로 끌고 오려고도 마라
그냥 옳은 것이 무엇인지 생각하며 살아라

옷은
내 몸에 맞는 게 좋다
내 눈에 편해야 한다

신발도
내 발에 맞는 게 좋다
내 발이 편해야 한다

생각도
내 마음에 맞는 게 있다
내 마음이 편하면 좋은 거다

사람도
내 마음 따라 만나면 된다
내 마음이 반가워하면 좋은 거다

남이 보기 좋은 인생보다
내 마음이 편하고 즐거운 게 좋다
남처럼 살지 않고 나답게 살아도 된다

내 인생 80 되었을 때
듣고 싶은 말
하고 싶은 말
"덕분에 따뜻했습니다"

살다가 만난 누군가에게
잠시 친구가 되어
작은 도움이 되어
따뜻한 기억 한 조각 되면 좋겠네

내 인생 80 되었을 때
곳곳에 쌓인 나의 인색함과 욕심 대신
내 인생 80 되었을 때
누군가와 함께한 좋은 기억이 있었으면

"덕분에 따뜻했습니다"
한 마디 들을 만큼 살고
"덕분에 따뜻했습니다"
한 마디 하고 싶은 사람도 만나면 좋겠네

사람은 생각만큼 산다
그리고 마음만큼 산다

계절마다 옷을 사고 가방을 바꿔도
사람은 바뀌지 않는다

사람들의 관심과 환호 속에 있어도
사람은 바뀌지 않는다

관심을 바꿔야
생각도 바뀌고 마음도 자란다

생각이 바뀌면
안 보이던 것이 보이고

마음이 자라면
안 보이던 행복도 보인다

사람의 행동은

분석이나

수정의 대상이 아니라

수용의 대상이다

받는 즐거움도 있지만
주는 즐거움은 더 크다

받는 것은 잠시 즐거움이지만
주는 것은 마음을 크게 한다

받는 즐거움은
언제든지 사라질 수 있지만

주는 즐거움은
언제든지 만들 수 있다

준 것은
잊어야 또 줄 수 있다

한 번 준 것을 자랑하면
두 번 주는 것이 어렵다

받는 것보다
주는 것이 더 좋다

마음이라는 게
사람 안 어느 곳에 있는 것인데
그러면 아주 큰 것은 아닐 텐데
참 채우기도 어렵고
참 비우기도 어렵다

어느 날은 작은 것에 큰 화를 내고
어느 날은 작은 것에 크게 웃는다
때로는 너무 여려서 걱정이고
때로는 씩씩하고 담담해서 놀란다

마음이라는 게
내 안 어느 곳에 있는 것인데
그러면 내 뜻대로 할 수 있을 것 같은데
참 지키기도 어렵고
참 감당하기도 어렵다

사소한 불평이
많은 감사를 덮지 않게

작은 섭섭함이
그동안의 고마움을 덮지 않게

나중 마음이
처음 마음을 덮지 않게

나쁜 기억이
좋은 기억을 덮지 않게

작은 것이 큰 것을 덮지 않게
생각을 잘 지키자

내 인생 마지막에
훈장 하나 달아주고 싶다

자랑할 만큼
높은 지식은 없지만

알아줄 만큼
큰 명예는 없지만

물려줄 만큼
큰 재산은 없지만

그래도
남의 인생 방해하지 않고

누가 봐주지 않아도
누가 알아주지 않아도

꾸준히 살아온 내 인생
묵묵히 살아온 내 인생

수고했다고
훈장 하나 달아주고 싶다

사는 게 서툴다고

너무 속상해 마라

사는 동안 낯선 일을 만나고

사는 동안 부족한 나를 만난다

그때마다 깨닫고

그때마다 배우고

그렇게 사는 동안 자란다

남보다 잘해야 한다고

남보다 훌륭해야 한다고

마음을 괴롭히지 마라

나답게 살고

나만큼 살아도 된다

남이 가진 거 좋아 보인다고

남이 하는 거 좋아 보인다고

그거 가지려 쫓아다니지 마라

마음을 피곤하게 하지 마라

사는 게 서툴러서 속상할 때마다

내가 만나는 사람들도 모두

이 마음을 안고 사는구나 생각해라

읽으며 배우고
들으며 배운다
또 사람을 보고 배운다

생각대로 말하고
생각대로 해석하며 살다가
나와 다른 삶을 보고 배운다

사람 감정이 거기서 거기고
사는 게 비슷하다고 생각하다가
다르게 사는 모습을 보고 배운다

달라서 불편한 것보다
달라서 좋은 게 더 많다
달라서 배우는 게 더 많다

읽은 만큼 안다고 생각했는데
들은 만큼 안다고 생각했는데
사람을 보고 다시 배운다

인생의 순리는
고요하고
자연스러운 것이다

그러나 인간의 욕망은
반대의 길로 끌고 간다
마음을 시끄럽게 한다

1km를 걸어 본 사람에게
3km를 걷는 것은 힘든 일이지만
5km를 걸어 본 사람에게
3km를 걷는 것은 조금 쉬운 일이다

100쪽 책을 읽은 사람에게
300쪽을 읽는 것은 힘든 일이지만
700쪽 책을 읽은 사람에게
300쪽을 읽는 것은 조금 쉬운 일이다

처음 가는 길이 어렵다
경험의 고점을 높이면
크게 힘든 일도 힘든 사람도 없다
그래서 사는 게 조금은 쉬워진다

내 손을 쓰다듬으며
열심히 사느라 수고했다

내 가슴을 쓸어내리며
이 마음 안고 사느라 수고했다

내 다리를 어루만지며
바쁘게 사느라 수고했다

내 머리를 쓰다듬으며
이만큼 하느라 수고했다

누가 알아주지 않아도
나의 수고를 내가 알아주고

누가 기억하지 않아도
나의 지난 시간을 내가 기억한다

몸의 운동은
천천히 강도를 올려야 한다

마음공부도 그렇다
천천히 강도를 올려야 한다

남의 말을 줄이고
화를 줄이고
정직을 노력하고
친절을 연습하다 보면

어느새
남을 배려하는 단계가 된다

한때 전부였던 게
지나고 나면 의미 없는 것도 많고

나에게 전부인 것이
누군가에게는 의미 없는 것도 있고

젊어서 전부였던 게
나이 들면 의미 없는 것도 많더라

지나서 돌아보면
나쁜 사람이 아니었고

지나서 돌아보면
화낼 일도 아니었고

지나서 돌아보면
나 때문에 불편한 사람도 많았겠더라

마음 크기를 키우면
화가 마음을 채우지 못한다

마음근육을 키우면
역경이 마음을 꺾지 못한다

마음 크기를 키우면
생각이 달라도 다투지 않는다

마음근육을 키우면
좋은 일도 힘든 일도 담담하다

인생을 감당한다는 것은
몸과 생각과 마음을 감당하는 것이다

나를 일으켜 움직이며
몸을 지키고

내 안에 있는 관심을 살피며
생각을 지키고

내 감정을 돌보며
마음을 지킨다

인생을 지킨다는 것은
몸과 생각과 마음을 지키는 것이다

우리가 좋아하는 영화는
평점 10점 영화가 아니다

모두가 좋아하는 것도 없고
모두가 좋아해야 하는 것도 없다

팔 운동을 하면 팔근육이 발달하고
다리 운동을 하면 다리근육이 발달한다

꾸준히 쓰는 근육은 발달하고
쓰지 않는 근육은 약해진다

감정근육도 그렇다
꾸준히 쓰는 감정이 발달한다

감사의 감정이 발달한 사람은
크고 작은 감사의 이유가 많다

불평의 감정이 발달한 사람은
크고 작은 불평의 이유가 많다

쓰지 않던 몸의 근육을 쓰는 것이 힘들 듯
쓰지 않던 감정을 쓰는 것이 어색하다

꾸준한 운동으로 몸의 근육을 만들 듯
꾸준한 연습으로 감정의 근육도 바꿀 수 있다

자주 쓰는 감정의 근육이
마음을 채우는 기본 감정이 된다

말마다
마음 표정이 있다

'고맙다'고 하면
마음이 먼저 웃는다

'짜증난다'고 하면
마음이 먼저 찡그린다

친절한 말을 하면
먼저 내 마음에 좋다

인생은 공허한 거야

더 가져야 채워지는 거 아니야

오히려 결핍 때문에 견디는 거야

인생은 외로운 거야

사람 속에 있어도 외로울 거야

그러니 혼자 외롭다고 생각 마라

사람 관심은 공허한 거야

지나가는 바람과 같아

그러니 그 마음 얻으려 뛰어다니지 마라

인생은 특별한 게 없어

가지지 못해 특별해 보이는 거야

남이 가진 거 있어야 행복하다고 생각 마라

살다가
가던 길이 막혔다고
바라던 길이 막혔다고
속상해 마라 주저앉지 마라

가던 길이 막혀도
그곳에도 좋은 인생이 있고
바라던 길이 막혀도
그곳에도 좋은 인생이 있다

가던 길이 막힌 덕분에
좋은 길을 만나기도 하고
바라던 길이 막힌 덕분에
좋은 인생을 만나기도 한다

그러니
살다가 길이 막히거든
실망하지 말고 낙심하지 말고
그곳에서 다시 열심히 살아 보아라

내비게이션에
목적지를 입력하고 운전을 하면
잠시 길을 놓쳐도
다시 목적지로 가는 길을 안내한다

인생도 그렇다
원하고 바라는 것을 정하면
잠시 생각을 고쳐도
다시 같은 길을 가게 된다

잠시 멈추어서
내비게이션에 목적지를 바꿔야
길이 바뀌고
창밖 풍경도 달라진다

인생도 그렇다
원하고 바라는 것을 바꿔야
관심도 바뀌고
대화도 바뀐다

남의 인생은
한 번 받은 제일 낮은 점수로 얘기하고
자기 인생은
한 번 받은 제일 높은 점수로 얘기한다

남의 인생은
80점도 20점처럼 얘기하고
자기 인생은
20점도 80점처럼 얘기한다

그런다고
남의 인생이 나빠 보이는 것도 아니고
그런다고
자기 인생이 좋아 보이는 것도 아니다

나의 행복도 다행이라고 생각하고
남의 행복도 다행이라고 생각하자
나의 힘든 시간도 잘 지나가길 바라고
남의 힘든 시간도 잘 지나가길 바라자

마음이
부정으로 가지 않도록
그 마음을 잡고 있는 것도
쉬운 일은 아니다

가끔 걱정은 자연스러운 거다
그러나 그 마음을 너무 오래 보면
걱정 속으로 한 발 더 들어가게 된다
걱정에 사로잡히게 된다
그러지 말자

가끔 외로움은 자연스러운 거다
그러나 그 마음을 너무 오래 보면
외로움 속으로 한 발 더 들어가게 된다
외로움에 사로잡히게 된다
그러지 말자

가끔 화는 자연스러운 거다
그러나 그 마음을 너무 오래 보면
화 속으로 한 발 더 들어가게 된다
화에 사로잡히게 된다
그러지 말자

살다가 마음이 힘든 시간을 만나거든
그 마음을 너무 오래 보지 말고
"자연스러운 거다, 지나가는 거다"고 생각하자
그 마음에 사로잡히지 말고
잘 지나가자

얼굴이 열 개면
생각도 열 개다
열 얼굴이 달라서 좋고
열 생각이 달라서 좋다

내 얼굴도
열 개 중에 하나고
내 생각도
열 개 중에 하나다

다르다고
틀린 것이 아니고
같다고
다 좋은 것도 아니다

성장한다는 것은

더 좋은 습관을 만드는 것이다

모르던 것을 알게 되고

그것을 연습해서

조금씩 익숙해지는 것이다

그래서 마침내

새로운 습관을 갖는 것이다

아무것도 달라진 건 없는데
마음이 변덕을 부린다

어떤 날은
마음이 행복하다고 하고
어떤 날은
마음이 공허하다고 한다

어떤 날은
사람 때문에 행복하다고 하고
어떤 날은
사람 때문에 힘들다고 한다

아무것도 달라진 건 없는데
마음이 변덕을 부린다

말은
마음에 가까운 게 의미 있다

좋은 말도
마음과 너무 멀면 공허하다

말은
내 생각을 전하는 방법이다

그래서 마음과 너무 멀면
내 생각과 상관없는 것이 된다

일어난 일은 없어지지 않는다

후회를 산만큼 해도 없어지지 않는다

잊은 듯 살면 의미가 작아지고

자꾸 생각하면 의미가 점점 커진다

잊어져서 잊는 것이 아니다

지금을 살기 위해

잊은 듯 사는 것이다

하루를 바쁘게 살다 보면 잊기도 하고

그렇게 조금씩 생각의 구석으로 밀어낸다

잊겠다는 욕심 내지 말고

먼저 오늘 일을 생각하고 살다 보면

점점 기억도 작아지고 의미도 작아진다

노력 없이 얻은 것도 자랑 말고
노력으로 얻은 것도 자랑 마라
내일도 오늘과 같다고 장담 마라
좋은 것은 감사하며 지켜라

이기심은
나만 생각하는 작은 마음이다
남은 이기적인 사람을 피할 수 있지만
나는 그 인색한 마음과 함께 살아야 한다

불평은
내 마음을 괴롭히는 습관이다
남은 불평하는 사람을 피할 수 있지만
나는 그 화난 마음을 안고 살아야 한다

남의 말은
남의 불행을 바라는 초라한 마음이다
남은 남의 말 하는 사람을 피할 수 있지만
나는 그 습관 속에 살아야 한다

이기심은 나에게 해로운 마음이다
불평은 나에게 해로운 습관이다
남의 말은 나에게 해로운 행동이다
'남'이 아닌 '나'를 위해 줄여야 한다

외로움은 적응되는 감정이 아니다
외로움이 견딜 만한 감정이면
사람은 사람에게 더 무례할 것이다
나와 다른 사람을 참지 않을 것이다
이해하려 노력하지 않을 것이다
외로움은 적응되는 감정이 아니다
극복할 수 있는 감정이 아니다
그래서 사람은 사람을 조금 참는다
사람과 어울려 사는 방법을 배운다

행복은 1인칭이다
'너는 행복해 보인다'는 칭찬보다
'나는 행복하다'는 만족에 있다

행복은 현재형이다
'나중에 행복할 거야'라는 기대보다
'지금 행복하다'는 감사에 있다

행복은 결핍 속에도 있다
더 가지면 행복해지는 것이 아니라
결핍 속에도 같은 크기의 행복이 있다

행복은 일상에 있다
크고 비싸서 갖기 힘든 것이 아니라
작고 흔해서 쉽게 가질 수 있는 것이다

행복은 지혜다
남이 가진 것을 쫓는 마음이 아닌
내가 가진 것을 누리는 것이다

마음에 좋은 것을 담고 살아야
마음이 숨을 쉰다
마음이 고요하고 편안하다

남의 불행을 바라는 마음은
남에게는 의미가 없으나
내 마음에는 해로운 것이다

남의 행복을 바라는 마음은
남에게는 의미가 적으나
내 마음에는 이로운 것이다

마음을 안고 사는 게 힘들거든
마음에 있는 뾰족한 것 좀 꺼내고
좋은 것으로 하나씩 담아 보아라

남을 위한 것이 아니다
마음에 좋은 것을 담고 살아야
마음이 숨을 쉰다

감정을 참지 말고
감정을 얘기해라
감정에 사로잡히지 말고
천천히 그 마음을 설명해라
화를 전달하지 말고
화가 나는 마음을 전해라
그래야 화나는 마음이 이해되고
그래야 다음 대화도 가능하다

마음이 자라면
안 보이는 것이 보인다

속상한 내 마음만 보다가
나 때문에 속상한 마음도 보인다

이익만 생각하다가
남의 손해도 보인다

남이 가진 행복만 보다가
내가 가진 작고 흔한 행복도 보인다

그래서 마음이 자라면
행복도 잘 보인다

자세히 보면
거슬리지 않는 게 없다
너그럽게 보면
특별히 거슬리는 게 없다

사람을 만날 때는
다른 게 정상이다 생각하자

사람에게 실망할 때는
그 사람을 조금 더 알았다 생각하자

사람에 대한 기대를 낮추면
실망도 적고 상처도 적다

이기심에 지식을 더해
더 큰 이기심이 되지 않도록

이기심에 재물을 더해
더 큰 이기심이 되지 않도록

이기심에 힘을 더해
더 큰 이기심이 되지 않도록

이기심에 좋은 것을 더해
더 큰 이기심이 되지 않도록

마음에 좋은 것을 담아
무엇을 더해도 더 좋은 것이 되게 하자

친절해 보이려는 노력보다
친절하려는 노력이 의미 있다

정직해 보이려는 노력보다
정직하려는 노력이 의미 있다

남의 시선은 지나가는 바람 같다
나를 바라보는 나의 시선이 있다

남이 보는 내 모습보다
내가 아는 내 모습이 더 의미 있다

어리석다는 것은
자기밖에 모르는 것이다

내 감정이 옳고
내 화가 옳다고 생각한다

내 이익이 옳고
내 손해가 틀렸다고 생각한다

그래서 화도 많고
그래서 불평도 많다

지금만 보면 화려한 것이 좋지만
지나서 돌아보면 꾸준한 인생이 좋다

지금만 보면 이익이 좋지만
지나서 돌아보면 정직한 인생이 좋다

지금만 보면 이기는 것이 좋지만
지나서 돌아보면 지는 것도 나쁘지 않다

지금만 보면 자랑이 좋지만
지나서 돌아보면 감사하는 인생이 좋다

지금만 보면 성공이 좋지만
지나서 돌아보면 무탈한 인생이 좋다

이기심은
'나를' 생각하는 마음이 아닌
'나만' 생각하는 마음이다
나에게 해로운 마음이다

이타심은
'남만' 생각하는 마음이 아닌
'남도' 생각하는 마음이다
나에게 이로운 마음이다

지금만 보면
이기심이 이로운 것 같지만
인생을 보면
이타심이 이롭다

꿈으로 가는 길에는
반드시 크고 작은 성취와
반드시 크고 작은 실패가 있다
그래서 실패는
퇴보나 제자리 걸음이 아닌
꿈으로 한 걸음 더 다가간 변화다

삶에서 만난 많은 사람이
그리운 추억이 되기도 하고
불편한 기억이 되기도 한다

살면서 뱉은 숱한 말이
마음과 마음을 이어주기도 하고
마음과 마음을 멀어지게도 한다

통장에 쌓인 많은 돈이
성실한 삶의 흔적이 되기도 하고
부끄러운 양심의 흔적이 되기도 한다

마음공부로 마음 크기를 키우고
경험으로 마음근육을 키운다

마음 크기를 키우면
다른 사람의 말에 크게 흔들리지 않는다

마음근육을 키우면
기대와 다른 삶에 크게 흔들리지 않는다

절약은 나에게 아끼는 마음이고
인색은 남에게 아끼는 마음이다

열심은 일에 정성을 다하는 마음이고
욕심은 일에 이익만 생각하는 마음이다

절약과 열심은 인생에 이로운 것이다
인색과 욕심은 인생에 해로운 것이다

지금만 생각하면
인색과 욕심이 나에게 이로운 것 같지만

인생을 생각하면
인색과 욕심은 나에게 해로운 것이다

이긴다고 생각하지 않으면
진다고 속상한 일도 없다

이기려 애쓰는 마음보다
지고도 괜찮은 마음이 더 크다

이기는 것이 큰 이익도 아니고
지는 것이 큰 손해도 아니다

이긴 것은 돌아보면 후회될 때가 많고
진 것은 돌아보면 다행일 때가 많다

인생은 짧아서

10년 20년도 돌아보면 기억 몇 조각이다

인생은 길어서

삶의 모습이 몇 번 바뀌기도 한다

인생은 짧아서

10년 20년도 짧은 한 줄로 이야기할 수 있다

인생은 길어서

생각도 고치고 자세도 바꾸어 살 수 있다

몸의 상처를
잘 치료하지 않으면
시간이 지나도 흐려지지 않는
흉터가 남는다

마음의 상처도 그렇다
잘 마무리하지 않으면
시간이 지나도 흐려지지 않는
기억이 남는다

기억이 아파서
지우고 싶어도 잊고 싶어도
혼자 해결할 수 없는
마지막 한 조각이 남는다

아픈 기억에
'미안하다'는 연고를 발라야
아픈 기억이 아물고
그곳에 새 기억이 쌓인다

어제와 오늘은 비슷해 보여도
그게 무엇이건
50년이 쌓이면 차이가 보인다
자세히 보지 않아도 잘 보인다
그래서 쉰이 되면 사람이 잘 보인다

사람마다
더 힘든 마음이 있다

미안한 게 힘든 사람도 있고
고마운 게 힘든 사람도 있다

그래서 그 마음을
오래 잡고 있는 사람이 있다

화나는 게 힘든 사람도 있고
지는 게 힘든 사람도 있다

그래서 그 마음을
오래 잡고 있는 사람이 있다

손해를 받아들이는 사람도 있고
손해에 잠 못 자는 사람도 있다

사람마다
더 힘든 마음이 있다

열 사람이면 열 개의 마음이 있다
같은 마음은 하나도 없다

저마다 타고난 마음이 다르고
저마다 살아온 사연이 다르다

같은 것을 보아도 해석이 다르고
같은 일을 겪어도 마음에 남는 것이 다르다

열 사람을 만나면 열 개의 마음을 만난다
같은 마음은 하나도 없다

마음근육은
경험으로 만들어진다

일상의 경험으로
작은 마음근육이 만들어지고

결핍과 고난으로
큰 마음근육이 만들어진다

담담한 마음근육을 가진 사람은
결핍과 고난의 시간을 지난 사람이다

누군가의 친구가 되고 싶다면
이기심을 줄여라

나만 있어서
남을 위한 자리가 없는 마음에
누가 들어갈 수 있겠나
누가 머물 수 있겠나

누군가의 친구가 되고 싶다면
먼저 이기심을 줄여라

질투도

사람을 움직이게 하는 에너지가 된다

그러나 질투를 조절하지 않으면

그래서 질투에 사로잡히면

이기는 방법만 생각하며 길을 잃는다

결핍도

사람을 움직이게 하는 에너지가 된다

그러나 결핍을 두려워하면

그래서 결핍에 사로잡히면

새로운 도전도 없고 변화도 없다

욕심도

사람을 움직이게 하는 에너지가 된다

그러나 욕심을 알아차리지 못하면

그래서 욕심에 사로잡히면

만족도 모르고 멈추는 때도 모른다

한 시간을 뛰었다고
건강의 차이가 느껴지지는 않는다

한 권의 책을 읽었다고
지식의 차이가 느껴지지는 않는다

한 번의 마음공부를 하였다고
생각의 차이가 느껴지지는 않는다

한 번의 봉사를 하였다고
마음의 차이가 느껴지지는 않는다

꾸준히 하다 보면
이전보다 나은 '나'를 만나게 된다

좋은 것은
먼저 나에게 좋고
그리고 남에게도 좋다

나쁜 것은
먼저 나에게 해롭고
그리고 남에게도 해롭다

이기적인 마음에는 나만 있어서
마음이 작다

이타적인 마음에는 남도 있어서
마음이 조금 더 크다

작은 마음은
화도 쉽고 질투도 쉽다

큰 마음은
화도 적고 질투도 적다

화와 질투는
나도 찌르고 남도 찌른다

이기심은 나에게 해롭다
이타심은 나에게 이롭다

마음은
어떻게 채우고
마음은
어떻게 비우는지 모르겠다

할 수 있다면
마음에 있는 것 모두 들어내고
다시 좋은 것만 골라서
하나씩 담고 싶다

이익이 되는 것이
항상 옳은 것은 아니다

손해가 되는 것이
항상 틀린 것도 아니다

때로는 이익이 틀릴 때도 있고
때로는 손해가 옳을 때도 있다

틀린 이익은 거절하는 게 좋고
옳은 손해는 받아들이는 게 좋다

답을 알지 못해서
결과를 알지 못해서
그래서 집중하고
그래서 재미있다

게임이 그렇다
축구가 그렇다
사랑이 그렇다
인생이 그렇다

답을 알지 못해서
결과를 알지 못해서
그래서 집중하고
그래서 최선을 다한다

젊을 때는
사람에 대한 기대는 높고
잣대는 엄격했다

쉰이 넘으니
사람에 대한 기대는 낮고
잣대는 너그러워졌다

젊을 때는
기분 나쁜 순간이
가장 큰 기억이었다

쉰이 넘으니
고마운 순간이
가장 큰 기억이다

그래서 쉰이 넘으니
마음이 좀 고요하고
마음이 좀 편해진다

열 마디 말 중에
거슬리는 한 마디만 기억하지 말고

열 가지 일 중에
기분 나빴던 하나만 기억하지 말자

열 마디 말 중에
고마웠던 말도 기억하고

열 가지 일 중에
고마웠던 일도 기억하자

내가 한 말 중에
미안했던 말도 기억하고

내가 했던 일 중에
미안했던 일도 기억하자

모두 조금씩 잊으며 산다
모두 조금씩 이해하며 산다

처음부터
'우리'에 '나'를 맞추지 마라
먼저 '나'가 되어야 한다
그런 '나'가 모여서
'우리'가 되어야 한다

'내가 아는 나'가 중요한 사람은
내면이 중요하고
'남이 보는 나'가 중요한 사람은
외면이 중요하다

'내가 아는 나'가 중요한 사람은
삶의 자세가 일관되고
'남이 보는 나'가 중요한 사람은
장소와 사람 따라 다르다

'내가 아는 나'가 중요한 사람은
떳떳함이 중요하고
'남이 보는 나'가 중요한 사람은
차이가 중요하다

열 길 물속은 알아도
한 길 사람속은 모른다고
그렇게 깊숙이 있는 마음인데

사람마다 그 마음이
나이만큼 쌓이고
나이만큼 다져서인지

나이만큼
숫자만큼
그 마음이 잘 보인다

친절한 마음 무례한 마음
너그러운 마음 인색한 마음
양보하는 마음 이기는 마음

열 길 물속보다
한 길 사람속이 얕아서인지
나이만큼 마음이 잘 보인다

이기심을 줄이면
즐거운 일이 많아진다

이기심을 줄이면
마음이 조금 더 커진다
마음이 커지면
화가 좀 적어진다
화가 적어지면
마음이 조금 더 편해진다
마음이 편해지면
조금 더 너그러워진다
너그러워지면
즐거운 일이 잘 보인다

이기심을 줄이면
즐거운 일이 많아진다

사람을 좋아하는 건

노력의 문제가 아니다

노력하지 않아도 느껴지는

마음의 거리가 있다

조금 다른 생각은

이해의 범위를 넘지 않는다

그러나 이해의 범위를 넘는 차이는

노력으로 좁혀지는 거리가 아니다

마음을 맞추려 애쓰지 마라

마음의 거리를 좁히려 애쓰지 마라

사람 마음은 노력의 문제가 아니다

생각이 그대로면
나이가 늘어도
일상은 달라지지 않는다

생각이 그대로면
큰 집으로 옮겨도
일상은 달라지지 않는다

생각이 그대로면
여러 가지가 바뀌어도
일상은 달라지지 않는다

생각이 달라지면
바뀌는 것이 없어도
일상이 달라진다

남과 차이를
비교하는 사람이 있고
자기 기준을
지키려는 사람이 있다

남과 차이에서
만족을 찾는 사람이 있고
자기 기준을 지키며
만족하는 사람이 있다

남이 가는 길을 보며
인생을 가는 사람이 있고
내가 가는 길을 보며
인생을 가는 사람이 있다

삶을 수직으로 보는 사람이 있다
남과 차이에서 만족을 찾는다
그래서 좋은 것은 자랑하고
그래서 부족한 것은 숨긴다

누가 마음을 아프게 하거든
거리를 두고
내 마음부터 챙겨라
그래야 나도 있고
그래야 다음도 있다

누가 마음을 아프게 하거든
남부터 생각하지 말고
이해 먼저 생각하지 말고
나부터 생각하고
내 마음부터 챙겨라

마음근육은
마음 갑옷과 같다
그래서 마음근육이 튼튼하면
뾰족한 말이
마음을 찌르지 못한다

마음근육을 갖기까지
많은 경험도 필요하고
많은 시간도 필요하고
많은 연습도 필요하다

내가 아는 누군가에게
나의 행복이 기쁘면 좋겠다
나의 불행이 속상하면 좋겠다

내가 아는 누군가가
나의 행복이 불편하다면
나의 불행에 위로 받는다면

내가 아는 누군가는
나와 상관이 없는
얼굴을 아는 남일 뿐이다

사람과 거리를 정해 놓고 만나지 마라

그 거리를 지키려 애쓰지 마라

마음만큼 말하고

마음만큼 행동하고

만들어지는 거리는 받아들여라

좋아 보이는 사람이라고

거리를 좁히려 애쓰지도 마라

사람 마음은

잠시 노력으로 잡아도

계속 애쓰며 잡고 있을 수는 없다

인생을 한 사람에 걸지 마라
그게 사랑이든
그게 누구든
한 사람에 인생을 걸지 마라

인생을 한 가지에 걸지 마라
그게 성공이든
그게 명예든
그것에 인생이 달렸다 생각 마라

인생을 숫자에 걸지 마라
그게 성적이든
그게 돈이든
숫자만 바라보고 살지 마라

가져 보면 별거 아닌데
가지지 못해 더 커 보인다
그게 무엇이건
가진 것을 누리며 살아라

인생이 별거 없다는 것을
쉰이 넘어 깨달았다
이제 조금 사는 게 편하다

사람이 같다는 것을
쉰이 넘어 깨달았다
이제 조금 사람을 만나는 게 편하다

별거 있는 인생이라는 기대와
특별한 사람이 있을 거라는 기대가
마음을 고단하게 한 것 같다

잘못과 실수는
빨리 인정하는 게
최선이다

그래야
대화가 길어지지 않고
다음 대화로 넘어간다

다섯 살에 중요한 것과
쉰 살에 중요한 것이 같다

친구랑 사이좋게 지내고
거짓말하지 말고
차 조심하고
예쁜 말 쓰고
편식하지 말고

다섯 살이 지켜야 할 것과
쉰 살이 지켜야 할 것이 같다

남이 이루지 못한 큰 성공도 좋지만
기본을 잘 지키는 것도 중요하다

남이 모르는 높은 지식도 좋지만
아는 만큼 실천하는 것도 중요하다

남과 다르다고 생각하는 차이보다
남도 나와 같다고 생각하는 존중이 좋다

큰 성공과 높은 지식이 없는 좋은 인생은 있지만
기본과 존중이 없는 좋은 인생은 없다

살다가 힘든 시간 만나도

온기 없는 마음에는 기대지 마라

그 마음을 바라보고 있으면 더 외롭다

힘들다고 마음을 닫지 말고

좋은 시간도 지나가고

힘든 시간도 지나간다고 생각하며 견뎌 보아라

좋은 시간도 지나가고 힘든 시간도 지나간다

다시 웃을 일도 생기고 좋은 시간도 온다

마음과 생각을 지키며 잘 지나가 보아라

살다가 힘든 시간 만나도

온기 없는 마음에는 기대지 마라

관심 속에 무관심이 고맙고
무관심 속에 관심이 고맙다

관심이 흔하면 간섭이 된다
무관심이 흔하면 외로움이 된다

관심이
간섭까지 가지 않아야 하고
무관심이
외로움까지 가지 않아야 한다

관심도 적당해야 하고
무관심도 적당해야 한다

사람 사이에는
관심이 만드는 온기도 필요하고
사람 사이에는
무관심이 만드는 거리도 필요하다

인생에 많은 즐거움 중에
지금도 좋고 나중까지 좋은 것이 많다
그것을 골라 재미있게 살면 된다

인생에 많은 즐거움 중에
지금은 좋고 나중에 해로운 것이 있다
그것을 멀리해도 재미있는 게 많다

인생에 많은 즐거움 중에
지금도 좋고 나중까지 좋은 것을 골라
즐겁고 재미있게 살면 된다

사람 마음에는
마음을 줄 사람이 있어야 한다
설령 그 마음 다치더라도
그래도 마음 줄 사람이 있어야 한다

사람 마음에는
마음이 이어진 사람이 있어야 한다
설령 그 마음 끊어지더라도
그래도 마음 이어진 사람이 있어야 한다

사람 마음에는
그리워할 사람이 있어야 한다
설령 그 마음 전할 방법 없어도
그래도 그리워할 이름 하나 있어야 한다

사람 마음에는
사람이 있어야 한다
설령 아무 이로운 것 없어도
그래도 함께 웃을 사람이 있어야 한다

마음 크기가 다르면
다투지 않는다
한 사람이 한 사람을 품는다

마음이 작으면
작은 문제도 이기려 한다
이겨야 이긴다고 생각한다

사람을 이해하는
너그러운 꽃씨 하나 마음에 심고

사람을 배려하는
따뜻한 꽃씨 하나 마음에 심고

사람을 존중하는
예쁜 꽃씨 하나 마음에 심어

마음에
예쁜 꽃 가득 피우면 좋겠네

지나서 돌아보면
그 시간의 의미가 보인다

좋은 일도 일어나고
힘든 일도 일어난다
좋은 일도 지나가고
힘든 일도 지나간다

좋은 일은
마음을 즐겁게 하고
힘든 일은
마음을 단단하게 한다

좋은 일도 있어야 하고
힘든 일도 해롭지 않다
할 수 있는 만큼 하고 지나가면
모두 사람을 자라게 한다

미안한 마음은

미안하게 그냥 둬라

화내고 비난하며

그 마음 사라지게 마라

잘못했다 생각하다가

자꾸 나무라면

그 마음 사라지고

오히려 화만 남게 된다

미안한 마음은

미안하게 그냥 둬라

바둑이 재미있는 사람도 있고
낚시가 재미있는 사람도 있고
달리기가 재미있는 사람도 있다

요리가 재미있는 사람도 있고
수놓기가 재미있는 사람도 있고
글쓰기가 재미있는 사람도 있다

이상한 재미는 없다
더 멋진 재미도 없다
더 훌륭한 재미도 없다

저마다 재미있는 게 다르다
남의 인생 방해하지 않고
나답게 재미있게 살면 된다

좋은 사람을 보는 마음과
꽃을 보는 마음이 닮았다

마음이 환해지고
마음이 고요해진다

그래서 좋은 사람과 있으면
마음이 환하게 웃는다

웃을 때 드는 생각이 있고
배고플 때 드는 생각이 있고
외로울 때 드는 생각이 있다

웃을 때 배우는 게 있고
배고플 때 배우는 게 있고
외로울 때 배우는 게 있다

웃는 마음도 이해되고
배고픈 마음도 이해되고
외로운 마음도 이해된다

인생은 수평인 것을
수직인 줄 알고 살았다
사람은 수평인 것을
수직인 줄 알고 살았다

사람 마음에
작은 불씨라도 보이면
말로 끄지 말고
말로 키워줘라

작은 불씨가
꺼지지 않게
작은 불씨가
불꽃이 되도록

모두 소심하고
모두 망설인다
그 마음 딛고 한 발 나아가게
응원 한 마디 보태 줘라

인생은
용기도 필요하고
위로도 필요하고
응원도 필요하다

주부 9단

냉장고에 있는 재료로 음식을 만들 수 있다

주부 2단

원하는 재료가 있어야 음식을 만들 수 있다

인생 9단

주어진 상황에서 잘 산다

인생 2단

바라는 상황이 되면 잘 살 수 있다고 생각한다

어제 같은 오늘을 지키는 데도
노력이 필요하다

매일 아침 일어나
세수를 하고 양치를 하고

때가 되면
손톱도 자르고 염색도 하고

입었던 옷도 양말도
세탁기 돌려 정리하고

배고프지 않게
끼니마다 챙겨 먹고

어제 같은 오늘을 지키는 데도
노력이 필요하다

하루를 사느라고
어제도 수고했고 오늘도 수고한다

10년 뒤 나를 위한 선물은
지금을 잘 사는 것이다

누가 봐주지 않아도
묵묵히 할 일을 하는 것이다

누가 알아주지 않아도
따뜻한 마음으로 사는 것이다

그래서 10년 뒤 나에게
열심히 살았다고 생색도 내고

그리고 10년 뒤 나에게
미담도 하나 남겨 주는 것이다

비교하는 마음은
차이만큼 행복하다
그래서 행복이 작다

여덟 개를 가지고도
여섯 개 가진 사람을 보며
두 개만큼 행복하다

여덟 개를 가지고도
열 개 가진 사람을 보며
두 개만큼 불행하다

여섯 개를 가지고도
비교하지 않으면
여섯 개만큼 행복하다

비교하지 않으면
가진 만큼 행복하다
그래서 행복이 크다

달리기를 할 때
다른 사람 진로 방해하지 않고
끝까지 뛰면
잘 한 거다
박수 받을 만하다

인생도 그렇다
다른 사람 진로 방해하지 않고
끝까지 살아 내면
잘 한 거다
수고 많이 한 거다

마음꽃 피는 날

© Sally Kim, 2025

초판 1쇄 발행 2025년 7월 21일

지은이   Sally Kim
펴낸이   이기봉
편집   좋은땅 편집팀
펴낸곳   도서출판 좋은땅
주소   서울특별시 마포구 양화로12길 26 지월드빌딩 (서교동 395-7)
전화   02)374-8616~7
팩스   02)374-8614
이메일   gworldbook@naver.com
홈페이지 www.g-world.co.kr

ISBN   979-11-388-4489-5 (03810)